SPIROU UND FANTASIO

DIE RUCK-ZUCK-ZEITMASCHINE

Von TOME & JANRY

CARLSEN COMICS

ECHTE HELDEN

1

SPIROU

Der Draufgänger mit der roten Mütze begann seine Karriere als Page im Hotel »Moustic«. Doch anstatt Gästen aus aller Welt die Koffer nachzutragen, hetzt Spirou heute lieber selbst an der Seite seines Freundes Fantasio um den Globus. Schließlich warten hinter jeder Ecke aufregende Abenteuer mit fiesen Schurken, verrückten Wissenschaftlern und spaßigen Wundertieren.

1

FANTASIO

Bei allen Abenteuern steht Spirou sein bester Freund, der rasende Reporter Fantasio, zur Seite. Oder besser: Spirou steht ihm zur Seite. Denn oft ist es Fantasios Beruf, der die beiden in die heikelsten Situationen führt. Fantasio kann ganz schön aus der Haut fahren, was nicht selten an seiner coolen Kollegin Steffani liegt, die ihm meist eine Nasenlänge voraus ist.

2

DER GRAF VON RUMMELSDORF

Pankratius Hieronymus Ladislaus Adalbert von Rummelsdorf ist ein enger Freund von Spirou und Fantasio und ein Mann der Wissenschaften. Seine umfangreichen Kenntnisse stellt der liebenswürdige Graf stets in den Dienst der Menschheit, doch leider stürzen seine Erfindungen ihn und seine Freunde mehr als einmal in turbulente Abenteuer.

3

PIPS

Das putzige Eichhörnchen ist der treue Wegbegleiter von Spirou und Fantasio. Pips hat für jede nur erdenkliche Lebenslage einen vorwitzigen Kommentar auf Lager, und häufig gehen brenzlige Situationen für die Freunde nur deshalb gut aus, weil sie auf ihren kleinen pelzigen Gefährten mit dem untrüglichen Riecher für zwielichtige Gestalten hören.

1 Tome & Janry, © Dupuis, 2004; 2 Le Rayon Noir, Tome & Janry, © Dupuis, 1993,
3 Aventure en Australie, Tome & Janry, © Dupuis, 1985

CARLSEN COMICS NEWS
Jeden Monat neu per E-Mail!
www.carlsencomics.de
www.carlsen.de

Völckersstraße 14–20, 22765 Hamburg
Aus dem Französischen von Peter Müller
L'HORLOGER DE LA COMÈTE

Redaktion: Michael Groenewald
Textbeiträge: Volker Hamann
Textbearbeitung: Hartmut Klotzbücher
Lettering: Marianne Nuß
Covergestaltung: Peter Mrozek
Herstellung: Gunta Lauck
Litho: Die Litho, Hamburg

ISBN 978-3-551-77234-3

SCIENCES
CONGRESS
THIS IS THE NEW TOYOTA
R7
SCIENCES CONGRESS
G16
G15
SCIENCES CONGRESS
A 57
SCIENCES CONGRESS
?
HA HA HA
BING
TOME • JANRY
1.

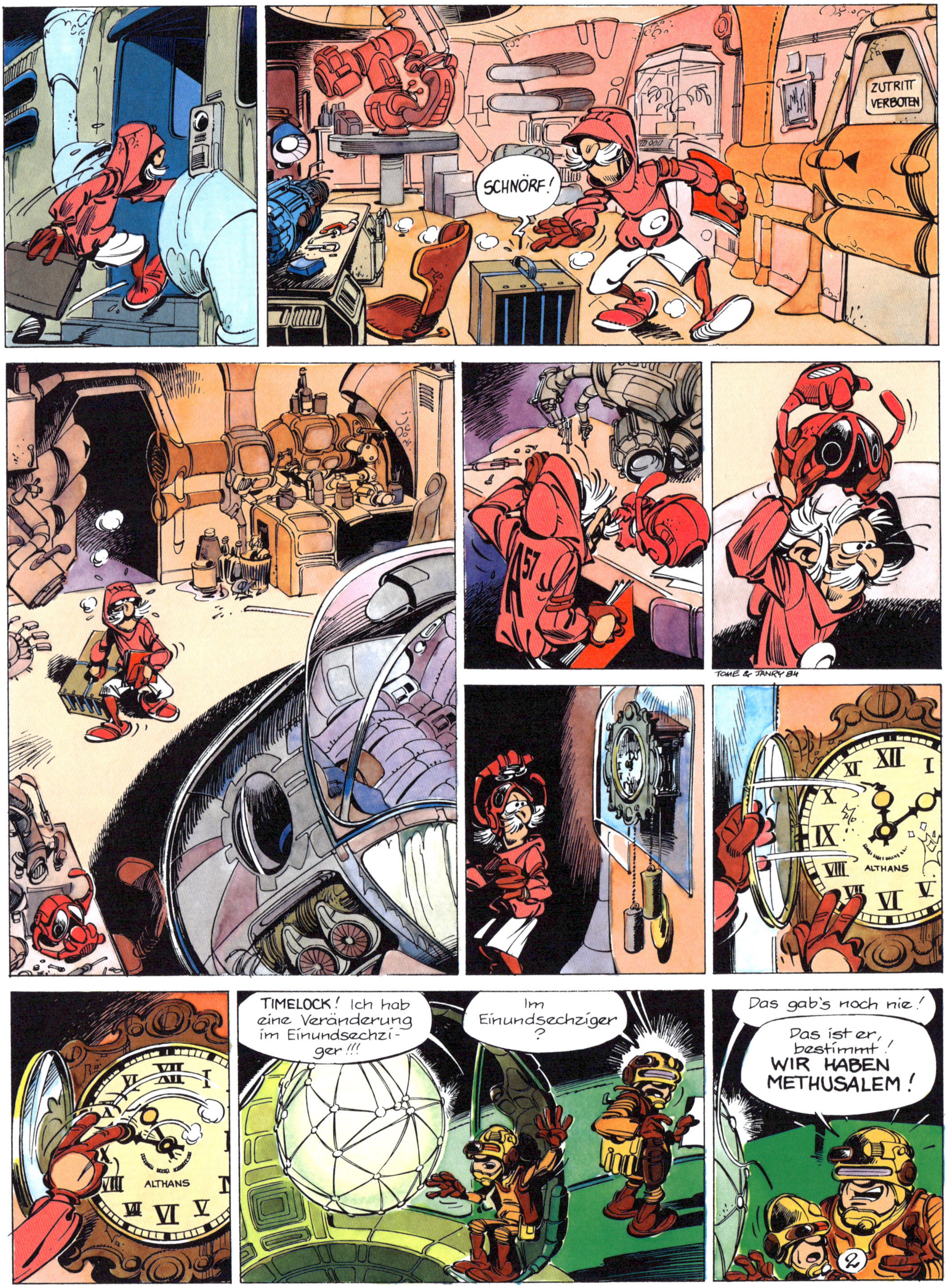
ZUTRITT VERBOTEN
SCHNÖRF!
TOME & JANRY 84
ALTHANS
ALTHANS
TIMELOCK! Ich hab eine Veränderung im Einundsechzi-ger!!!
Im Einundsechziger?
Das gab's noch nie!
Das ist er, bestimmt!
WIR HABEN METHUSALEM!

DIE RUCK-ZUCK-ZEITMASCHINE
Nur ein, zwei Tage ...
... höchstens drei ...
... So lange vertraue ich euch das Schloss an, während ich meinen kranken Großneffen besuche. Ein paar Gaben Fulgurax Stimulex zur Genesung, und der Bengel ist ganz fix wieder auf den Beinen ... Kein Problem!
Fahren Sie ruhig, Herr Graf! Ich kümmere mich derweil um Ihren Rasen ... der hat 'nen Haarschnitt nötig! Und mir tut die Arbeit an der frischen Luft gut!
Ich glaub, das Taxi wartet da drüben!
TAXI
Ach, fast hätte ich's vergessen ...
Ein großer Komet wird die Erde passieren ... lasst euch diesen wunderbaren Anblick nicht entgehen! Ich hab das Teleskop darauf eingestellt!
DANKE!
Jetzt ist der Rasen dran!
3

Na, kommst du in Form?
Ööh!
Mach 'ne Pause! Außerdem sollten wir mal einen Blick auf diesen Kometen werfen!
Ah, das Teleskop!
So ein Durcheinander! Dieser ganze Kram und all das Teufelszeug...
KLANG
...Wie schnell kann da ein Unglück geschehen!
KRASH
Was mach ich nur mit so einem Tollpatsch?!
KAHOOGAH
WOOGAH
KRAAAK
Donnerschlag! Mein Kopf dröhnt wie eine Glocke!
Das kam von draußen!
MEIN RASEN!
4.

Fünf Stunden Schufterei, Plackerei, Ackerei! Und jetzt das! Eine Katastrophe!!!
Fantasio! Dieses Ding ... das ist ... ein ... Raumschiff ...
Wann ... äh ... WO BIN ICH?
WER ... HERR GRAF?! ... Aber ... ???
Wer seid ihr?
?
?! Er erkennt uns nicht!!
Sie sind zu Hause! Wir haben uns doch erst heute Morgen verabschiedet!
Fantasio! Ich bin Ihr neuer Gärtner ...
Das Schloss! SCHLOSS RUMMELSDORF!!!
HEUREKA! Ich hab's geschafft!!!
Er ist total übergeschnappt!!!
Graf Adalbert! Was ist los? Wir dachten, Sie sind bei Ihrem Großneffen ...
ADALBERT, sagen Sie?
OH! Ich verstehe! Eine Verwechslung ...
5.
Jawohl, der Schein trügt: Trotz der Ähnlichkeit BIN ICH NICHT GRAF ADALBERT VON RUMMELSDORF!
?
?

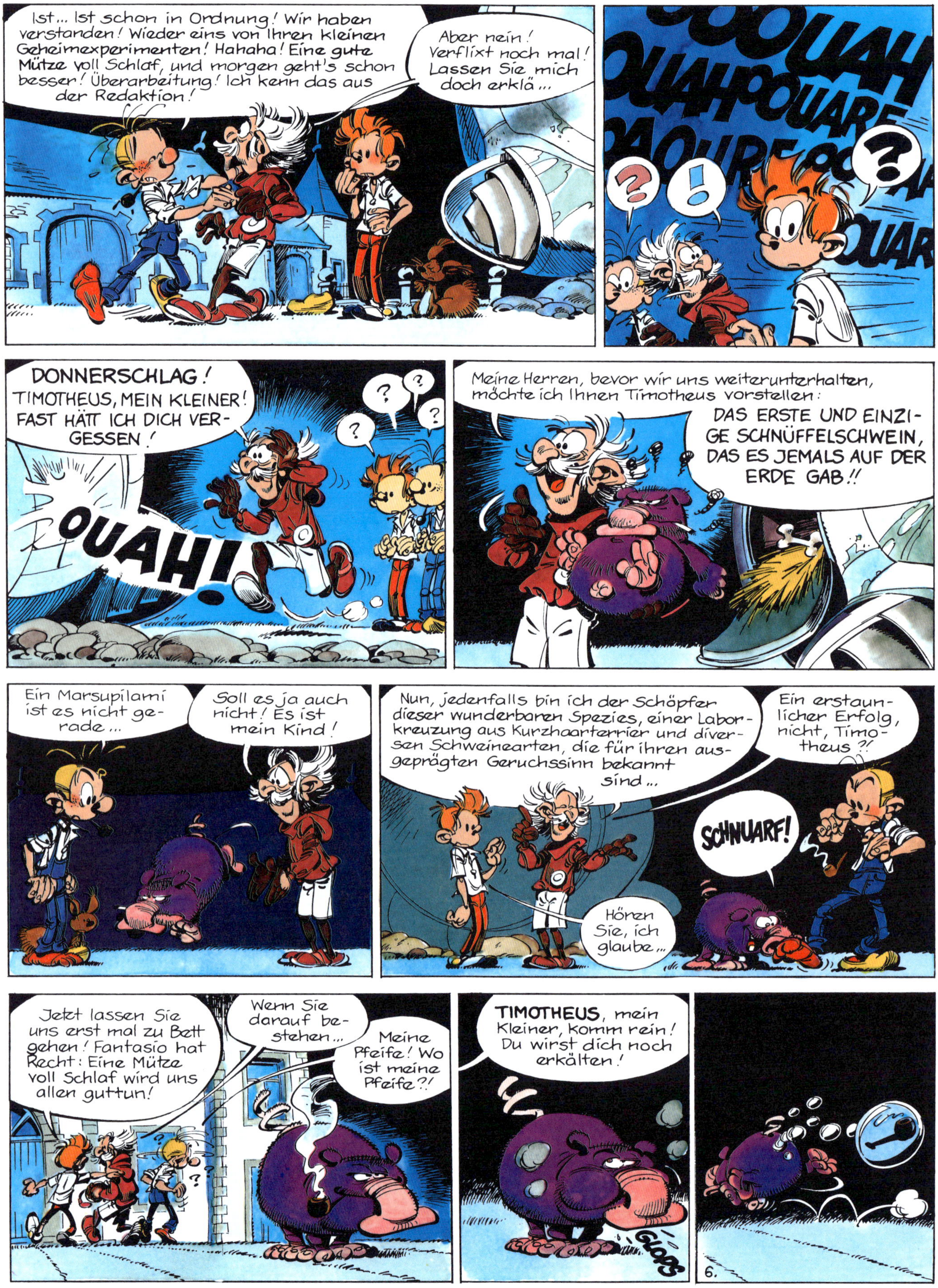
Ist... Ist schon in Ordnung! Wir haben verstanden! Wieder eins von Ihren kleinen Geheimexperimenten! Hahaha! Eine gute Mütze voll Schlaf, und morgen geht's schon besser! Überarbeitung! Ich kenn das aus der Redaktion!
Aber nein! Verflixt noch mal! Lassen Sie mich doch erklä...
OUAH OUAHPOUARE PAOURE
?
!
?
DONNERSCHLAG! TIMOTHEUS, MEIN KLEINER! FAST HÄTT ICH DICH VERGESSEN!
?
?
?
OUAH!
Meine Herren, bevor wir uns weiterunterhalten, möchte ich Ihnen Timotheus vorstellen:
DAS ERSTE UND EINZIGE SCHNÜFFELSCHWEIN, DAS ES JEMALS AUF DER ERDE GAB!!
Ein Marsupilami ist es nicht gerade...
Soll es ja auch nicht! Es ist mein Kind!
Nun, jedenfalls bin ich der Schöpfer dieser wunderbaren Spezies, einer Laborkreuzung aus Kurzhaarterrier und diversen Schweinearten, die für ihren ausgeprägten Geruchssinn bekannt sind...
Ein erstaunlicher Erfolg, nicht, Timotheus?!
SCHNUARF!
Hören Sie, ich glaube...
Jetzt lassen Sie uns erst mal zu Bett gehen! Fantasio hat Recht: Eine Mütze voll Schlaf wird uns allen guttun!
Wenn Sie darauf bestehen...
Meine Pfeife! Wo ist meine Pfeife?!
?
?
TIMOTHEUS, mein Kleiner, komm rein! Du wirst dich noch erkälten!
GLOPS
6.

UUUAAAH!
Wunderbar, diese sternenklare Nacht! Ich fühle mich wie neugeboren!
?
Eine Kastanie? Zu dieser Jahreszeit?
Endlich mal was Erfreuliches in dieser Geschichte!
Hm, der etwas ungeschliffene Charme der Landmädels ...
?
He, Sie haben etwas vergessen ...

!
!
ZOUFFF
Der Rückzug ist abgeschnitten! Aber ich weiß einen Weg!
ZIEH LEINE, ELENDER KANNIBALE!
POK
Sieg!
?
?
KLACK
FADADATA
KAHOOGAAAH
OOGA
?
Z
Z
8

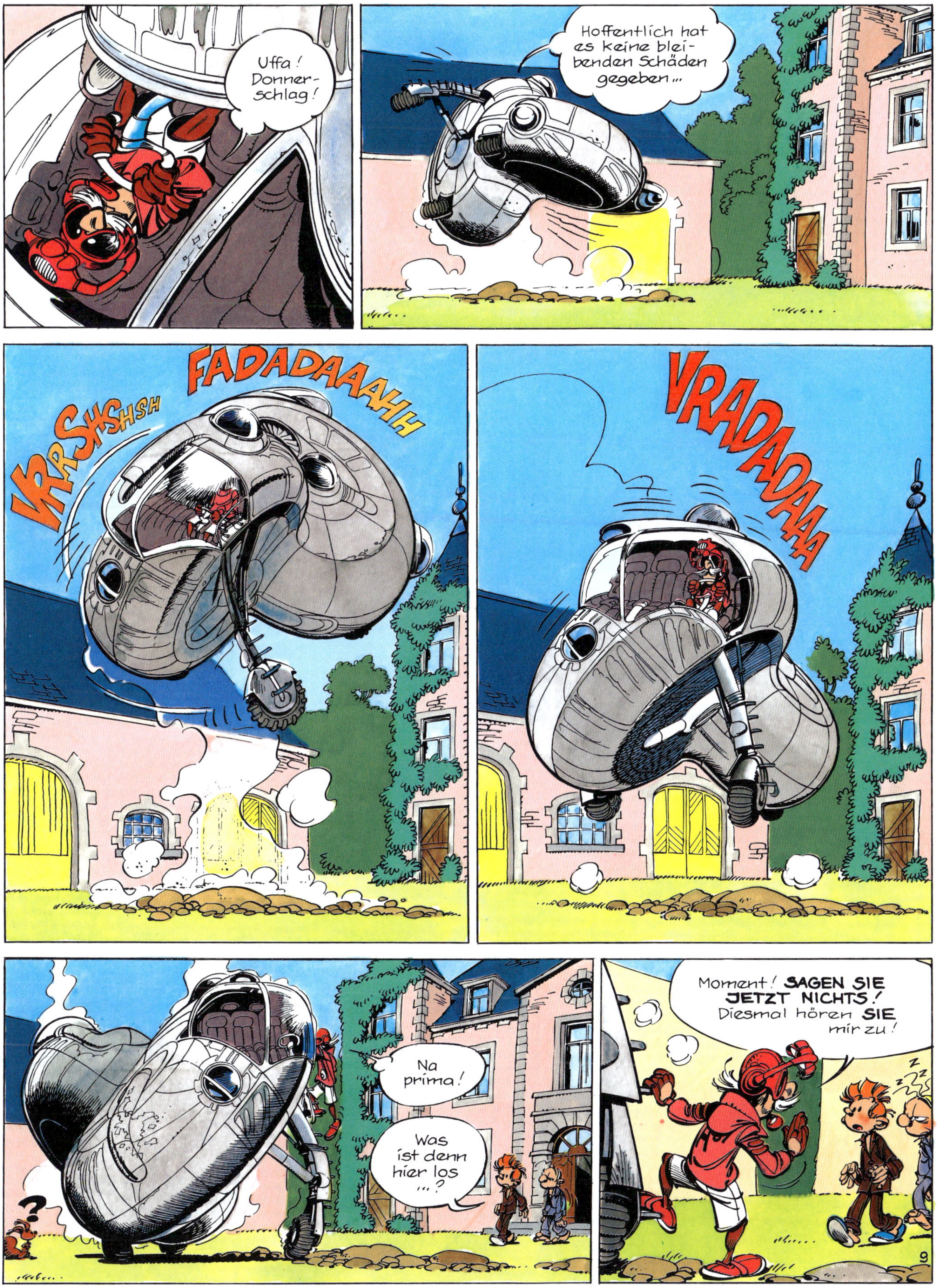
Uffa! Donnerschlag!
Hoffentlich hat es keine bleibenden Schäden gegeben ...
VRRSHSHSHSH
FADADAAAHH
VRADADAAA
Na prima!
Was ist denn hier los ...?
?
Moment! SAGEN SIE JETZT NICHTS! Diesmal hören SIE mir zu!
Z Z Z
9

FOLGEN SIE MIR!
!
Ja ... genau!
?
Sehen Sie sich das Porträt genau an ... und dann mich!
Fällt Ihnen nichts auf?
Nun, abgesehen von der Brille ...
DER SCHNURRBART! Sie tragen nicht den gleichen Schnurrbart wie auf dem Bild!
Aus gutem Grund!
Denn es zeigt den echten Grafen Adalbert von Rummelsdorf, während ich AURELIUS VON RUMMELSDORF bin, ein sechzig Jahre jüngerer Nachkomme!
Sechzig Jahre jünger! Dann sind Sie aber sehr reif für Ihr Alter!
GANZ RICHTIG! Aber das liegt ganz einfach daran, dass ich aus der Zukunft hierherkomme!
Aber natürlich! Wo hatte ich bloß meinen Kopf?
Ein Zeitreisender? Aber das ist ... unmöglich!!!
In eurem Zeitalter zweifellos!
Aber in der Zukunft ist das etwas anderes, denn ...
... ich, Aurelius von Rummelsdorf, habe nach jahrzehntelanger unermüdlicher Arbeit erreicht, dass der alte Menschheitstraum WAHR wird!
Sehen Sie selbst ...
Das sind Fotos eines Kometen, der ungefähr alle zweihundert Jahre dreimal an der Erde vorbeikommt! Bei meinen Beobachtungen ...
Sonne
Komet
Erde

... habe ich ein AUSSERGEWÖHNLICHES PHÄNOMEN entdeckt: Für wenige Tage – wenn der Komet der Erde am nächsten ist – entsteht eine ZEITVERSCHIEBUNG, eine Art Wirbelsturm, der es einem entsprechend ausgerüsteten Forscher erlaubt, von einer Epoche in die andere zu springen, ohne unter den furchtbaren Folgen der Zeit zu leiden ...
Erde
Entweder träume ich oder Sie sind der größte Aufschneider, der mir je begegnet ist!
Das Gleiche haben mir auch meine bedeutendsten Kollegen gesagt, als ich meine Arbeiten auf dem letzten Wissenschaftskongress vorgestellt habe ...
... Man hat mich ausgelacht, ich wurde zur Zielscheibe der übelsten Scherze, ich wurde gedemütigt! Sie haben mir sogar einen Spitznamen verliehen: Ich heiße bei ihnen nur noch „Mister Zeit-Geist"!
!
SWUSCH
TOME & JANRY
Transfer beendet!
TIMELOCK!
Da war ein Tier in der Zone!
Na und? Das kommt schon wieder zu sich! UNSER AUFTRAG GEHT VOR!

MOD.
WQR 58 2061-14
61
86
WQR 90 1986
Nun ...?
Kein Zweifel möglich! Ich übermittle die Daten sofort an den Rat... zur Sicherheit!
FWUSCH
Sehr gut!
Währenddessen ...
... Also gut, angenommen, das ist kein Scherz, äh ... was ist dann der Grund für Ihren ... äh ... Besuch?!
Der Triumph der Wissenschaft!
Dass ich selbst die Möglichkeit der Zeitreise erprobe, reicht nicht aus! Um meine Zeitgenossen zu überzeugen, brauche ich einen GREIFBAREN BEWEIS für den Nutzen meiner Arbeit! Nun haben im 21. Jahrhundert Luftverschmutzung und Abholzung der Wälder viele Pflanzenarten aussterben lassen ...
Mein Ziel ist, in eurer Zeit einige wertvolle Pflanzen zu sammeln und zu konservieren, um die Versteppung des Planeten in unserer Zeit aufzuhalten!
Fantastischer Plan!
SCHNUPPER
Mir stehen bis zum Verschwinden des Kometen nur wenige Tage zur Verfügung! Zunächst habe ich mir vorgenommen, in Südamerika zu sammeln, genauer gesagt, im Urwald von Palumbien ...
PALUMBIEN?!
Kennen Sie das Land?
Wir waren schon mehrmals dort! Unangenehme Gegend, besonders der Urwald ...
?
Und reichlich gefährlich! Nicht der richtige Ort für einen alten Kn... Ich wollte sagen ...
Fantasio hat Recht! Alleine wäre das Wahnsinn! Lassen Sie uns mitkommen!
HE?! Aber ich ...
WUNDERBAR!!!
Ich hätte nie gewagt, Ihnen das vorzuschlagen!
12.

Wenig später ...
DING
DONG
ARGNN...
?
?
WAFF!
Äh... bestehen Sie wirklich darauf, dass wir mit Ihrem Dingsda reisen ...?
Aber selbstverständlich, verehrter Freund!
Wer das Größte vermag, vermag auch das Geringste! Sie müssen zugeben, es wäre lächerlich, wenn eine solche Maschine nicht einen Ozean überqueren könnte, nachdem sie fast ein ganzes Jahrhundert überwunden hat!
Steigen Sie ein! Wir sollten noch bei Nacht starten, um keine Aufmerksamkeit zu erregen!
SCHNÜRF!
Alles klar! Ich habe den Flugplan und die genauen Koordinaten unseres Ziels in Palumbien ...
BESTENS!
Nun denn ...
AUF GEHT'S!
Und Gott sei mit uns!
KAHOOGAWOOGAH
13.

Eine halbe Stunde später, auf Höhe der Azoren ...
NAVY
... Plumpudding an Darth Vader ... Check out!
Ich hab so ein Knistern im Kopfhörer, können Sie die Verbindung überprüfen? Out!
Mach dir keine Gedanken! Ich brat mir nur gerade was auf dem...
AAAH... vor uns! BREAK! BREAK!
HE! DA ... HE ... DINGS ...! ÄH ... VADER ... SAM ... ANTWORTE, SAM, ZUM ... ANTWORTE!
MIKE BA
RAAH! BLACKOUT! ICH SEH NICHTS MEHR! ICH... MIKE, RÄCHE MICH!
NAVY
Und wie ich dich rächen werde! Ich weiß nur nicht, wer es war... Aber er wird sein schändliches Tun bitter bereuen!
FLT. LT. MIKE BADE
Halt dich gut fest, mieser Terrorist!

Einige Meilen entfernt ...
?
Stehen Sie bequem, Sergeant ...
?
GRANDMA an PLUMPUDDING! Hier spricht Geschwader-Kommandant Badasski! Ich erfahre soeben, ein unbekanntes Flugobjekt hat den Jet Ihres Kameraden abgeschossen und weigert sich, mit uns in Verbindung zu treten! Ist das so korrekt?
Korrekt, Herr General!
Ah ... neueste Meldung ... ich habe jetzt wieder Sichtkontakt!
In diesem Fall ist mein Befehl eindeutig ...
RABADAM!
Habe ich mich klar ausgedrückt, Lieutenant?
BEFEHL VERSTANDEN! Over and out!
Mami, die Nation zählt auf deinen Sohn!
KLICK
SHAAAH!
15.

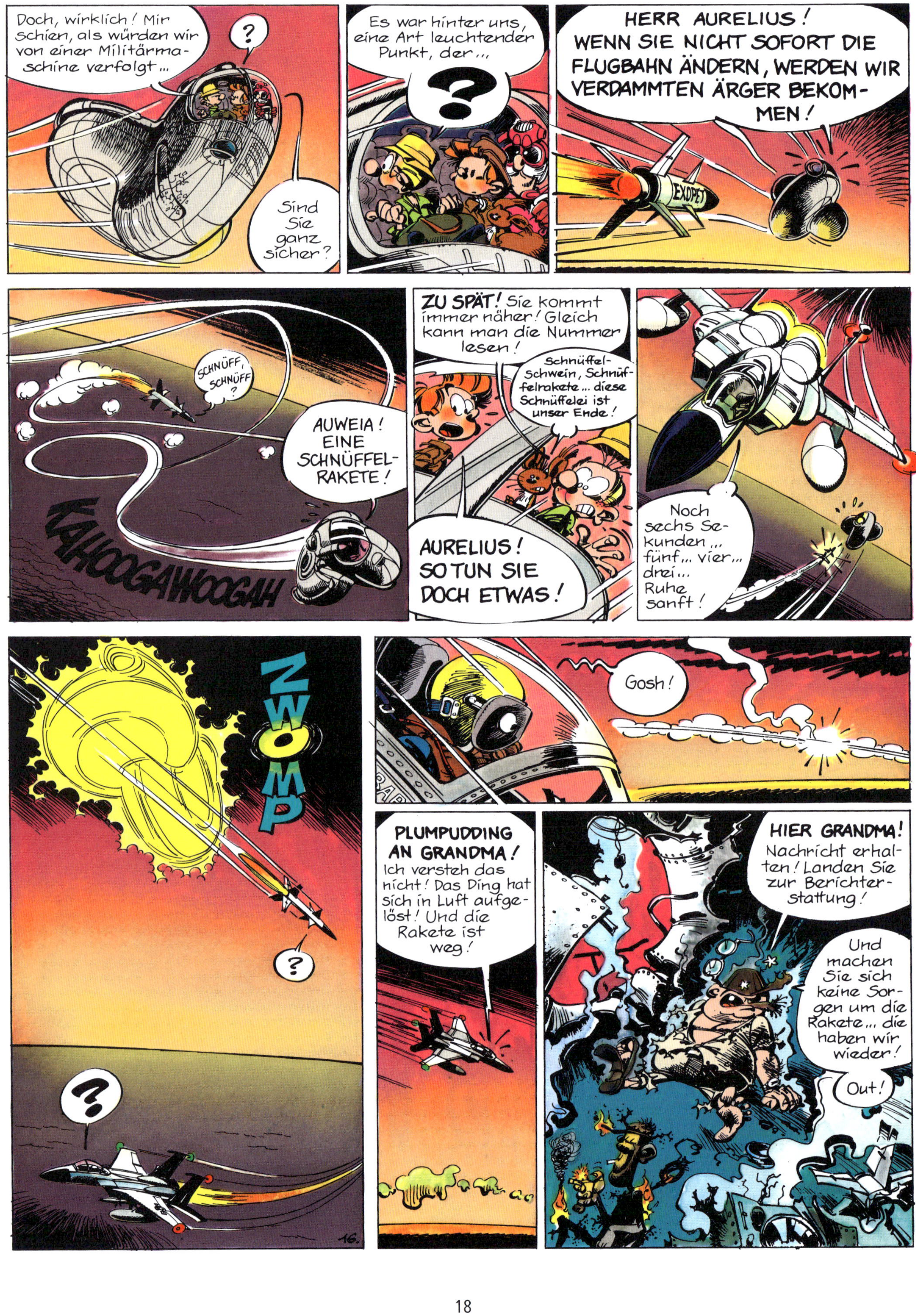

Doch, wirklich! Mir schien, als würden wir von einer Militärmaschine verfolgt...
?
Sind Sie ganz sicher?
Es war hinter uns, eine Art leuchtender Punkt, der...
?
HERR AURELIUS! WENN SIE NICHT SOFORT DIE FLUGBAHN ÄNDERN, WERDEN WIR VERDAMMTEN ÄRGER BEKOMMEN!
EXOPET
SCHNÜFF, SCHNÜFF?
AUWEIA! EINE SCHNÜFFELRAKETE!
KAHOOGAWOOGAH
ZU SPÄT! Sie kommt immer näher! Gleich kann man die Nummer lesen!
Schnüffelschwein, Schnüffelrakete... diese Schnüffelei ist unser Ende!
AURELIUS! SO TUN SIE DOCH ETWAS!
Noch sechs Sekunden... fünf... vier... drei... Ruhe sanft!
ZWOMP
?
?
Gosh!
PLUMPUDDING AN GRANDMA! Ich versteh das nicht! Das Ding hat sich in Luft aufgelöst! Und die Rakete ist weg!
HIER GRANDMA! Nachricht erhalten! Landen Sie zur Berichterstattung!
Und machen Sie sich keine Sorgen um die Rakete... die haben wir wieder!
Out!

WAOUUH
URGL
Was ... Was ist los?
Offenbar ein Wunder! Wir sind tatsächlich angekommen!
... Und wir leben noch!
Was mir Sorgen macht ... Wo steckt Aurelius?
BZZZZ
?
Schau mal!
Hallo, liebe Freunde!
Dies ist eine Aufzeichnung! Wie ihr beim Aufwachen feststellen konntet, sind wir in Palumbien angekommen! Um unseren Verfolgern zu entwischen, musste ich das Raum-Zeit-Kontinuum kurz verlassen. Dadurch wurdet ihr ohnmächtig ...
... Macht euch über meine momentane Abwesenheit keine Sorgen! Ich konnte der Versuchung nicht widerstehen, mit meinen Nachforschungen schon zu beginnen! Mit Hilfe des Schnüffelschweins werde ich den Rückweg ohne Probleme finden! Bis bald!
17.

Das ist der Gipfel! Angeblich sollten wir ihn beschützen, und dann haut er einfach ab und überlässt uns die Drecksarbeit! Reizend, wirklich reizend!
PCHT!
?
In Zukunft sollte er solche Extratouren lieber lassen! Ich bezweifle, dass Aurelius ahnt...
?
... welche Gefahren der hiesige Tourismus birgt!
Hm, komisch ...
KLETS
Ich dachte, ich hätte meine Filme hierhin gelegt, aber...
GEFRÄSSIGES UNGETÜM! DIESE FILME KOSTEN EIN VERMÖGEN!!!
Das Schnüffelschwein? Ganz allein?!
?
Es hat den Helm von Aurelius zurückgebracht! Das gefällt mir gar nicht!
Gefräßig und schlecht erzogen!
Jetzt werden wir sehen, ob sein Geruchssinn so gut ist, wie sein Herrchen behauptet!
Na los! Such Papa! Such!
FWUSCH
18.

TIMELOCK! Schon wieder ein Schnabbel in der Zone!
!
Dieser geht auf dein Konto! Du mit deiner Peilung! Wenn wir weiterhin unschuldige Wesen in Frührente schicken, weist uns der Rat ins Heim ein!
Pah, der kommt schon wieder zu sich! Und für uns zählt nur Methusalem! Ein guter Koch macht auch kein Omelett, ohne Eier zu zerschlagen!
Ach, der Herr ist mal Koch gewesen? Aber hier geht's um Wichtigeres als um Omeletts! Hier geht's um unsere Zukunft!
... Äh, ich glaube, sie sind da lang!
Wir laufen und laufen! Ob wir ihm wirklich trauen können?
Wir müssen... Wir haben gar keine andere Wahl!
SIEH NUR! Was ist denn das?
?
Das sieht ja schrecklich aus! Ich habe noch nie so etwas...
Bleib stehen...
?
KLACK
?
EINE FALLE!
AAAH! FANTASIO! NEIIIN!!!
HAPP!
19.

...SCHNELL!
Abschnei-den...
Mach dir keine Sorgen!
Bin zu weit oben, um mit einem Fuß im Grab zu stehen!
!
Der Rucksack hat alles abge-fangen!
OH!
... Spirou...! Meine Freunde!
SCHNELL WEG DA!
AURELIUS!
Eine Katastrophe! Wir müs-sen...
SCHTOK
...Zu... Krch... spät...
Das Gesetz des Dschungels!
20.

COUP
?
UÄRKS!
SPLURT
MUUW!
GOH!
Das wird böse enden! Ich wette, die wenigen Weißen, die die Palumbinos bisher getroffen haben, haben keinen guten Eindruck hinterlassen!
Vielleicht... autsch!
PIC
Hoffentlich wacht Aurelius auf, bevor wir ahnungslos sterben! Er muss doch eine Erklärung haben ...
HOOM!
HOLA-COLA!
?
21.

?
?
Schnüff? Schnüff?
PIRANHAS!
Schnüff?
MH!
PLATSCH!
He! Ich...
UAAH!
VLAOUCH
WÜSTLINGE! TERRORISTEN! BARBAREN! VERRRECK
Piranhas?
?
?
?
HAHA
KWAK
KWEK
HA
HA
HAHA
HA
A
KWEK
KWEK?
KWEBLLL
HAHA! PIRANHAS! HAHA!
Hehe! SCHNÜFF, SCHNÜFF! He!
GNAP
SCRUNCH
GNAP
BURP
BOUF
GOH!
Muss ihre Methode sein, die Piranhas abzulenken ...
Man nimmt einen Köder... Zufall, dass sie den Papagei lieber mochten!
BURP!
HOPS
22.

WAIT!
WAIT!
Hula!
Aí-aii!
Hula!
Aí-aií!
Aí-aií!
Unglaublich! Unser Anblick schlägt sie in die Flucht!
WAIT!
WAIT!
WAIT!
OLL WAIT!
FACKJA, WAIT!
Skruik!
WAIT! AAAH!
EIN ANGRIFF! Unsere Rettung!
Machst du Witze? Wir müssen weg!
Das Messer...

Wer sagt dir, dass die Angreifer Freunde sind?
Keine Ahnung! Es knallt überall!
BLAM
Wie kommen wir ohne Köder zurück durch den Fluss?
Wir könnten das Schnüffelschwein opfern ...
Das Schnüff...?!
Das ist mit Pips drüben geblieben!
Macht euch keine Sorgen, dort sind sie sicherer als hier!
Aurelius! Können Sie uns endlich erklären ...?!
Ich fürchte, ja, aber ...
... das ist weder der Ort noch die Zeit dafür! Verschwinden wir lieber!
Da ist was schiefgelaufen ...
?
ALTO!
QUE NINGUÉM SE MEXA!
Aurelius, nein! DAS IST NICHT WAHR!
Doch ... leider!
24.

BRANCOS?!
Was sollen denn diese Kostüme?
Alles ist meine Schuld!
ESPIÕES!
Levem-nos ao Governador!
Meine Maschine hat versagt ... WIR SIND IM 16. JAHRHUNDERT GELANDET!
Ich muss wohl träumen! Hahaha!
MEXE-TE, CANALHA!
Mexiko?
Das ist Portugiesisch und bedeutet „vorwärts"!
25

Ach, meine Freunde! Ob ihr mir jemals verzeihen könnt, dass ich euch in all das hineingezogen habe ...?
Darüber reden wir später! Jetzt müssen wir erst mal unsere Lage erkunden! Da ... eine Inschrift ...
Viva a liberdad
Carlos Roque
18 de Janeiro de 1531
Hier, seht!
1531! Logisch! Meine Maschine kann uns nur in Epochen bringen, in denen der Komet vorbeikommt ...
Was mich beunruhigt: Der Effekt hält nur ein paar Tage an! Wenn wir nicht bald von hier wegkommen, bleiben wir bis zur nächsten Annäherung des Kometen hier gefangen ... in sechsundsechzig Jahren!
Da kommt jemand!
KLACK
TSCHACKLACK

SAIAM!
O Governador espera-vos!
Dom José?
Grmbl...?
Os prisioneiros estão aqui!
Grm!
Präg dir das Gebäude genau ein!
Ja... das könnte uns helfen...
!
?
Sehr erfreut, Sie zu sehen, meine Herren Spione!
?

SPIONE?!?
Ich darf mich vorstellen: Dom Álvaro Raro! Und das ist Dom José de Caquerlaque, Gouverneur dieser Region. Um es Ihnen leichter zu machen, übernehme ich die Befragung. Ich spreche Ihre Sprache!
Die portugiesische Krone weiß, dass die Erfolge ihrer Marine Neid hervorgerufen haben. Viele Staaten würden sich zweifellos glücklich schätzen, ihrerseits an die Reichtümer der Neuen Welt zu gelangen ...
WIR WISSEN, DASS ES INVASIONSPLÄNE FÜR DIESEN KONTINENT GIBT!
... Und trotz Ihrer lächerlichen Verkleidung besteht kein Zweifel, dass Sie hier sind, um alles vorzubereiten! Und deshalb werden Sie so freundlich sein, alle unsere Fragen zu beantworten!
Ruchloser Spion!
Freut mich! Mein Name ist James Bond! Der da heißt Otto, und das ist Mata Hari!
EIN ENGLÄNDER AUCH?! Wusste ich's doch!
Und was Ihren Freund Mata betrifft, sagen Sie ihm, er wird nicht mehr viel zu lachen haben!
?
Schreiber! Notieren Sie die Geständnisse!
Ich will alles erklären, aber Sie müssen uns freilassen!
Das sollte mich wundern! Aber ich höre!
Grrm!
Wir kommen nämlich aus der Zukunft...
?!¿
... meine Freunde und ich, aber aus einer früheren Zukunft...
... und auf Grund eines fehlerhaften Transfers sind wir jetzt in Ihrer Gegenwart...
... die für uns Vergangenheit ist!
BOM
SCHLUSS!
?
WIR WERDEN SCHON SEHEN, OB UNSER FOLTERKNECHT NICHT MEHR AUS EUCH HERAUSBRINGT ALS DIESES AMMENMÄRCHEN!
Abführen zum VERHÖR!

Währenddessen...
Hoffentlich schlafen diese Fische ab und zu, sonst...
?
Die Pi... DIE PIPI... DIE AAAH!
KLAK
Alles ist bereit, Exzellenz!
Gut... lasst uns beginnen!
Mrf!
Mit wem fangen wir an ...?
Mrf.
Ein abscheulicher Kerl! Ich krieg 'ne Gänsehaut!
POILA GRATTAD
Diesen zuerst! Der redet am meisten!
Also frisch ans Werk! Und kein Gedrängel! Immer hübsch der Reihe nach!
AOUP
Elender Sadist! Das ist ein Dank von deinen zahlreichen Kunden!
Na los, steh auf, Freundchen!
29.

IHRE ANGRIFFSLUST IST GANZ ZWECKLOS!
In Ihrer Situation wäre ich etwas vorsichtiger!
Sie werden sehen, es dauert nicht lange! Unser Folterknecht hat ganz neue und SEHR MODERNE METHODEN!
Er würde sogar einen Taubstummen zum Reden bringen!
ALSO, BOND? Wir spielen den großen Schweiger? Ich warne dich: Ich hab schon ganz andere kleingekriegt!
ÄCHÄM!
Du wirst reden... wie alle anderen! Glaub mir, es nutzt nichts, hier den Dummen zu spielen!
Nein, darin sind Sie besser!
HALT'S MAUL!
Ja, ja, schon gut!
Hör zu... ein Vorschlag zur Güte! Du verrätst mir, was du weißt, und ich lass nur die beiden anderen hängen!
?
Verflixt noch mal, wir sind keine Spione! Das ganze Theater hier ist lächerlich!
Wie du willst! Wo warst du also in der Nacht zum...
Nun beeilen Sie sich doch ein bisschen!
OH!
Was hast du denn da in deinem Stiefel...?!
30.

Aha ... das dachte ich mir! Ein Pergament!
?
OJE, OJE ... ein subversives Flugblatt! Das verschlimmert deinen Fall!
Und Ihrer ist hoffnungslos! Sie haben mir das doch in den Schuh geschoben!
Hören Sie sich das an: „AUFRUF ZUM AUFSTAND GEGEN DEN GOUVERNEUR DOM JOSÉ DE CAQUERLAQUE! NIEDER MIT DER TYRANNEI ..."
„... NIEDER MIT DEM DICKEN, FETTEN, ROTNASIGEN PORTWEINSÄUFER!"
Weiter, weiter!
Unterzeichnet: „James Bond, Spion" ... hochinteressant!
Noch immer kein Geständnis?
Ich muss zu drastischeren Methoden greifen!
?
Es handelt sich dabei um ein Handbuch mit dem Titel „Auf glühenden Kohlen". Man liest dem Gefolterten ein Kapitel daraus vor ... und - schwupp - hat man ein Geständnis!
?
Aber ich benutze es so!
Sehr wirkungsvoll ... und hinterlässt keine Spuren! Was sagst du dazu, Bond?
!
Nach fünfzig Schlägen hängt einem das Hirn in den Stiefeln ... welche Schuhgröße hast du, Bond?
Schau doch selbst nach!
?

BONG
FRRSSSHHH
AYOS
¡INCAPAZES
ASSASSINOS!
AZELHAS!
BASTA!
REMETAM-ME ESSES ESTUPIDOS NA CADEIA!
AI!
Wenigstens einen hat der Folterknecht zum Reden gebracht!
LACHT NUR... der Gouverneur ist sehr, sehr böse!
MORGEN BEI SONNENAUFGANG HÄNGT IHR!
Wenn es hier nicht nur Stroh gäbe, würde ich sagen, wir sitzen ganz schön in der Patsche!
Sie haben uns nicht durchsucht...
Ich hab dieses Messer geklaut, aber...
HE! Seht mal!
?

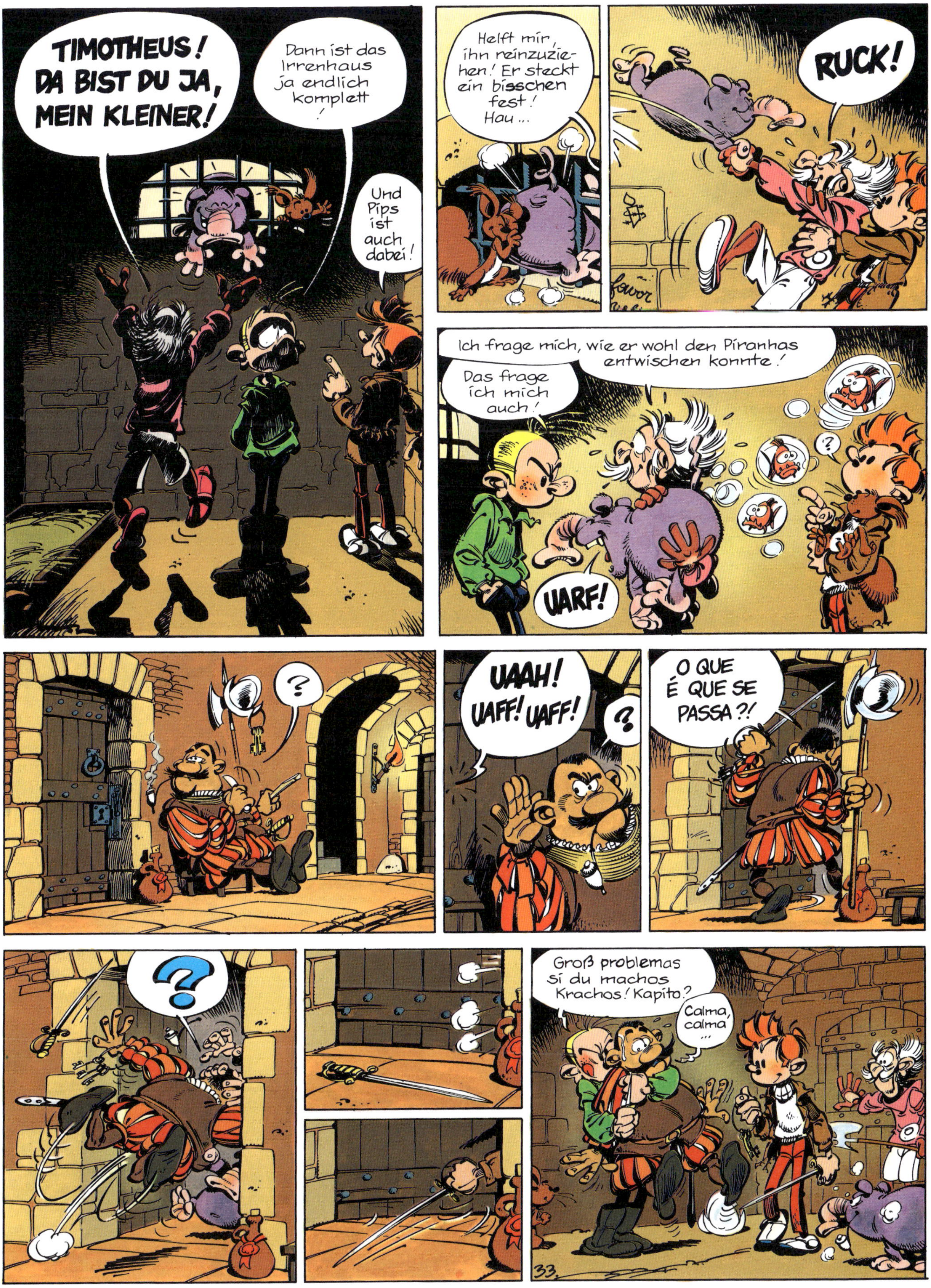
TIMOTHEUS! DA BIST DU JA, MEIN KLEINER!
Dann ist das Irrenhaus ja endlich komplett!
Und Pips ist auch dabei!
Helft mir, ihn reinzuziehen! Er steckt ein bisschen fest! Hau ...
RUCK!
Ich frage mich, wie er wohl den Piranhas entwischen konnte!
Das frage ich mich auch!
UARF!
?
UAAH! UAFF! UAFF!
?
O QUE É QUE SE PASSA?!
?
Groß problemas si du machos Krachos! Kapito?
Calma, calma ...

He!
He!
He!
A!
?
?
?
KRABARDAF
Beeilt euch, bevor noch mehr kommen!

Und?
Nicht doll ...
Wird schon gehen! Kommt!
Siehst du etwas?
Nichts Besonderes... Aber wir sind leider weit weg vom Tor herausgekommen! Wir müssen quer über den Platz!
Tut einfach ganz normal! Es sind bloß hundert Meter!
So ein Glück!
UARF!

Ganz schön was los!
Das ist der Galgen... Sie wollen wohl sehen, ob er funktioniert.
KROCK
GLP!
PLOTT!
Nur noch ein paar Meter... alles klar, Aurelius?
Ja, ja! Lasst euch nicht...
?
BARDAFF
DONNER-SCHLAG!
?
OS ESPIÕES!
Zu der kleinen Tür da! Schnell! Das ist unsere letzte Chance!
KRAK

?
HILFE... DER FOLTERKNECHT !
FROCK
NEIN! Aua! FREUND!
WARTET! So habt ihr keine Chance! NUR ICH KANN EUCH HELFEN!
?
?
Ich... Ich wollte euch gerade befreien! Nicht mehr schlagen ... Ich ertrage Schmerzen nicht!
Ich erklär's euch ...
?
ES LEBE DIE FREIHEIT!
Aber erst weg von hier! Die Zeit drängt!
!
Wir stehen auf der gleichen Seite... Ich heiße Amadeus, falscher Folterknecht, aber echter Spion, genau wie ihr! Was sagt ihr dazu ?!
Hier entlang! Dieser Gang endet jenseits der Mauern!
37.

Passt auf, wohin ihr tretet! Hier unten wird selten sauber gemacht...
Wir sind beim Hafen! Wenn ihr leise seid, schafft ihr es im Schutze der Dunkelheit...
Ihr findet leicht ein Boot, das euch flussaufwärts bringt! Mehr kann ich nicht für euch tun!
Und was wird aus Ihnen?
Kein Problem: Ich spiele den Bewusstlosen... so, als hättet ihr mich niedergeschlagen!
Soll es echt aussehen?
Nicht nötig! Ich nehme das Schlafmittel, das für eure Wachen bestimmt war!
GLUCK
Viel Glück! Es war mir eine Freude, euch kennengelernt zu ha...
ZZZZZ
POR AQUI!

Herr im Himmel!
Was ist?
Es ist später, als ich dachte... Nach meinen Instrumenten kommt der Komet jetzt in die kritische Zone... Wir müssen schnellstens zu unserer Maschine zurück!
Es geht um Minu...
DIE PALUMBINOS! Sie halten uns natürlich für Portugiesen!
Im Urwald steht man früh auf!
Wenn die uns kriegen, fließt Blut!
Die Maschine kann nicht weit sein...
Nein...
Timotheus findet den Weg...
DONNERSCHLAG! Mein Helm! Ohne ihn kann ich die Maschine nicht steuern!
AAR!
Ich hab sie!
Keinen Moment zu früh! Es wird langsam ungemütlich...
TCHAC!
39

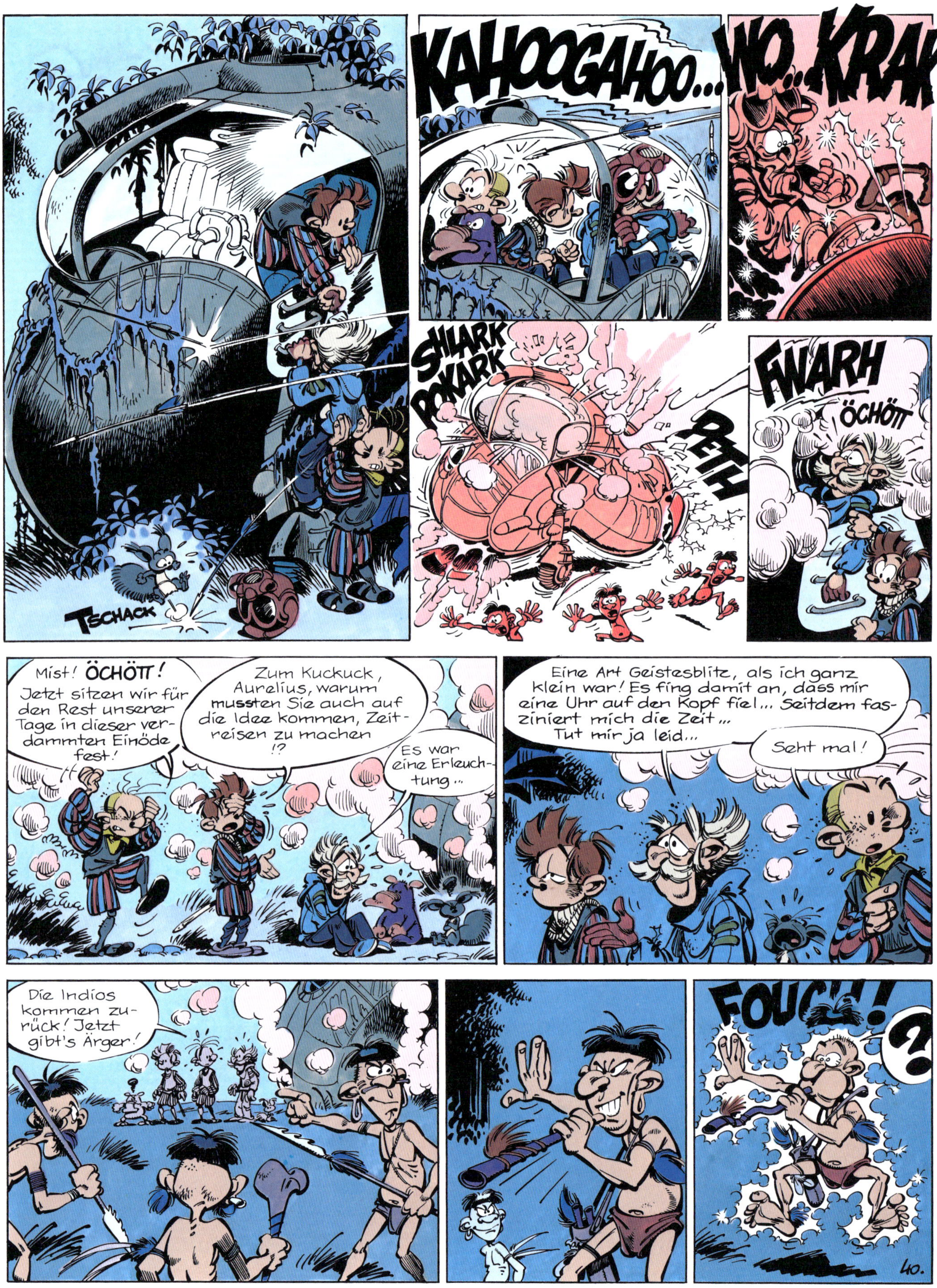
TSCHACK
KAHOOGAHOO...
WO...KRAK
SHLARK POKARK
PFFTH
FWARH
ÖCHÖTT
Mist! ÖCHÖTT! Jetzt sitzen wir für den Rest unserer Tage in dieser verdammten Einöde fest!
Zum Kuckuck, Aurelius, warum mussten Sie auch auf die Idee kommen, Zeitreisen zu machen!?
Es war eine Erleuchtung...
Eine Art Geistesblitz, als ich ganz klein war! Es fing damit an, dass mir eine Uhr auf den Kopf fiel... Seitdem fasziniert mich die Zeit... Tut mir ja leid...
Seht mal!
Die Indios kommen zurück! Jetzt gibt's Ärger!
FOUCH!
?

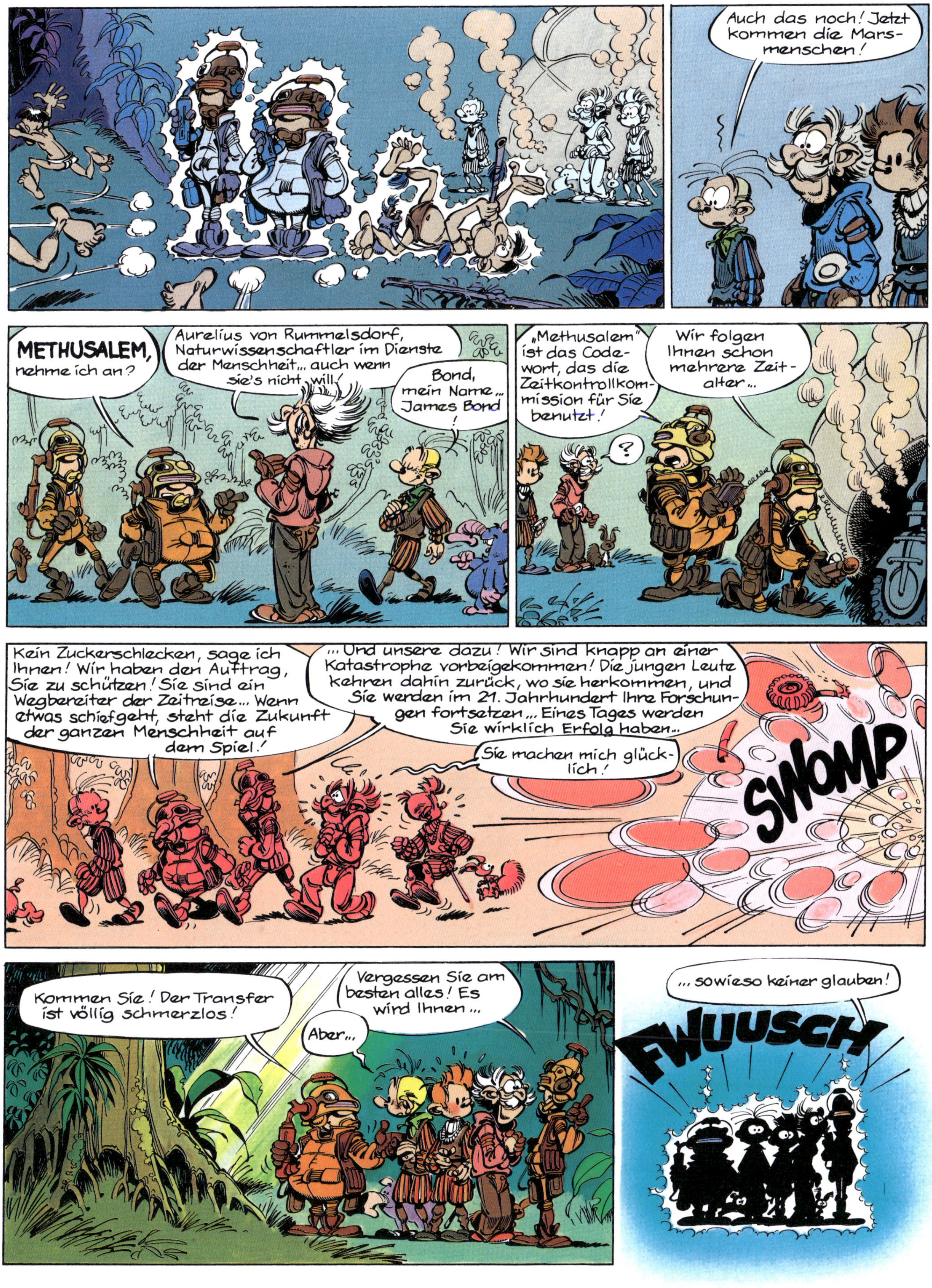

Auch das noch! Jetzt kommen die Marsmenschen!
METHUSALEM, nehme ich an?
Aurelius von Rummelsdorf, Naturwissenschaftler im Dienste der Menschheit... auch wenn sie's nicht will!
Bond, mein Name... James Bond!
„Methusalem" ist das Codewort, das die Zeitkontrollkommission für Sie benutzt!
Wir folgen Ihnen schon mehrere Zeitalter...
?
Kein Zuckerschlecken, sage ich Ihnen! Wir haben den Auftrag, Sie zu schützen! Sie sind ein Wegbereiter der Zeitreise... Wenn etwas schiefgeht, steht die Zukunft der ganzen Menschheit auf dem Spiel!
... Und unsere dazu! Wir sind knapp an einer Katastrophe vorbeigekommen! Die jungen Leute kehren dahin zurück, wo sie herkommen, und Sie werden im 21. Jahrhundert Ihre Forschungen fortsetzen... Eines Tages werden Sie wirklich Erfolg haben...
Sie machen mich glücklich!
SWOMP
Kommen Sie! Der Transfer ist völlig schmerzlos!
Vergessen Sie am besten alles! Es wird Ihnen...
Aber...
... sowieso keiner glauben!
FWUUSCH

CHLOROFORM
CHLOROFORM
„Schmerzlos", pah! Mein Schädel brummt wie ein Presslufthammer!
?
42.

Das Schloss, die runtergefallene Wanduhr, das Chloroform... Jetzt erinnere ich mich! Ein Albtraum...
Dann haben wir also das Gleiche geträumt... Verrückt...
Ich will mich nicht beklagen! Immerhin ist diese blöde Schnüffelsau verschwunden!
Hör mal...
Ein Motor! Da ist jemand im Park...
Ah, meine Freunde! Wie geht's euch?
TAXI
Also, ehrlich gesagt...
Ich bringe einen kleinen Gast mit! Mein kurzer Besuch hat ausgereicht, um festzustellen, dass mein Großneffe vor allem...
... einen Tapetenwechsel braucht! Ein paar Tage Ferien auf dem Schloss werden ihm guttun!
Den Rasen hat er gar nicht bemerkt!
... Und der Komet? Habt ihr ihn vorgestern beobachten können?
Äh... vorgestern, sagen Sie? Aber...
Äh, welcher Tag ist denn heute?
Na, hört mal, ihr erstaunt mich...
Wir haben...
KRABARDAF
43.

Text und Zeichnung: TOME & JANRY
Beendet am 3. Februar 1985.
Participação de Carlos Roque para os diálogos em português.

DIE RUCK-ZUCK-ZEITMASCHINE

Die Schöpfer von »Die Ruck-Zuck-Zeitmaschine«

Tome (alias Philippe Vandervelde, geb. 1957) und Janry (alias Jean-Richard Geurts, geb. 1957) legten 1982 mit »Das geheimnisvolle Virus« ihr erstes großes »Spirou und Fantasio«-Abenteuer vor. Das Kreativteam führte die Serie in den folgenden 16 Jahren durch einen gelungenen Spagat zwischen Tradition und Modernisierung zu neuen Höhen. Und auch nach ihrem Abschied blieben sie dem Pagen treu: Bis heute gestalten sie die Eskapaden des »Kleinen Spirou«.

…ner im Mittelpunkt: Spirou & Co. im Kreise der palumbia…chen Ureinwohner…

…z die Alten: Palumbia…che Dschungelbewohner in …ne aufregende Erbschaft«.

REISEZEIT FÜR ZEITREISENDE

Die von Oktober 1984 bis März 1985 im belgischen »Spirou«-Magazin abgedruckte Geschichte »Die Ruck-Zuck-Zeitmaschine« schickt Spirou und Fantasio zum ersten Mal in ihrer Karriere auf eine Reise durch die Zeit. Dabei landen sie im portugiesisch beherrschten Palumbien des Jahres 1531, wo sie auf die Palumbinos treffen, die Ureinwohner des Landes, mit deren Nachfahren sie im Abenteuer »Eine aufregende Erbschaft« bereits Bekanntschaft gemacht hatten. Die Vorfahren des palumbianischen Wundertieres Marsupilami allerdings bevorzugen es, nicht in Erscheinung zu treten. Zu schade.

… und umringt von den Portugiesen.

…MMER ICH!«

Déjà-vu-Erlebnis: Fantasios Horrortrip in die Kerker der Portugiesen muss unangenehme Erinnerungen in ihm wecken…

Denn mehr als 400 Jahre später – durch die Reise in die Vergangenheit paradoxerweise aber Jahre zuvor – bietet sich das gleiche Bild im Verlies der Geheimpolizei von Bretzelburg (in »QRN ruft Bretzelburg«).

…US DER TIEFE …ES RAUMS…

Als Aufhänger der Geschichte diente Tome & Janry die für 1986 angekündigte neuerliche Begegnung der Erde mit dem Halleyschen Kometen, die eine regelrechte Astronomie-Hysterie auslöste. Der Komet mit seinem ausgeprägten Kometenschweif ist nur alle 76 Jahre von der Erde aus sichtbar. 1705 berechnete Edmond Halley voraus, dass der Komet, der bereits 1531, 1607 und 1682 gesichtet worden war, 1758 wiederkehren würde. Halleys Vorhersage traf ein und der Komet wurde ihm zu Ehren nach ihm benannt. Im Gegensatz zu diesem realen Vorbild hat der Komet des Comics die Eigenschaft, eine Zeitverschiebung zu verursachen, was Spirous und Fantasios Zeitreise überhaupt erst möglich macht.

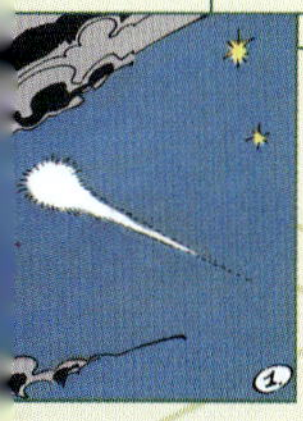

Deutlich doller als der des ollen Halley: Der Tomeundjanrysche Komet.

Am Himmel ist die Hölle los: Das ursprüngliche Titelbild von »Die Ruck-Zuck-Zeitmaschine«.

Ist nicht nur seiner Zeit voraus: Aurelius von Rummelsdorf.

AURELIUS, ADALBERT UND AUGUST

Der von Aurelius von Rummelsdorf – einem Nachfahren von Spirous und Fantasios altem Freund Ladislaus Adalbert von Rummelsdorf – konstruierten Zeitmaschine gaben Tome & Janry die Form eines Möbiusbandes. Einmal mehr offenbart sich hier ihre Begeisterung für naturwissenschaftliche Phänomene: Das nach dem Astronomen August Ferdinand Möbius benannte Band ist das Beispiel einer endlichen gekrümmten Fläche im dreidimensionalen Raum, die durch ihre in sich gedrehte Form keine Ober- oder Unterseite besitzt.

Knifflig: Manöver mit dem »Möbius«-Mobil.

1 L'Horloger de la Comète, Tome & Janry, © Dupuis, 1986;
2 Le Journal de Spirou, Tome & Janry, © Dupuis, 1984

SCHWEINEREI!

Ebenfalls eine Schöpfung des genialen Nachfahren des Grafen von Rummelsdorf ist das Rüsselschwein Timotheus. In Timotheus nimmt wohl der Wunsch des Autoren-Duos Gestalt an, die Lücke zu schließen, die das Marsupilami hinterlassen hatte. Die Kreuzung zwischen Kurzhaarterrier und diversen Schweinearten zeichnet sich durch die skurrile Eigenart aus, staubsaugergleich alles in seine berüsselte Schnauze zu stopfen, was sich ihm in den Weg stellt. Wenig später tauchen sämtliche Gegenstände dann, eingeschlossen in Luftblasen, aus seinem Hinterteil kommend wieder auf! Obwohl Timotheus den Platz des palumbianischen Wundertiers in der Gunst der Leser auf Dauer nicht einzunehmen vermochte, so sorgt er zumindest im Folgeabenteuer »Die Rückkehr des Z« noch einmal für Spaß.

Gibt sich verwöhnt: Fantasio. Wird's ihm schon zeigen: Timotheus.